AF372629

VENTE AUX ENCHÈRES

Hôtel des Ventes, rue de Grassi, 12 et 14, Bordeaux

— Salle A. —

CATALOGUE

de la collection de M. G. S.

Tirée de la magnifique collection du château de St-A (Lot-et-G^ne)

MEUBLES ANCIENS, TAPISSERIES,

ARMES, BRONZES, TABLEAUX,

Faïences et Porcelaines anciennes

Par le Ministère de Mᵉ Mᵉˡ MONTARIOL

COMMISSAIRE-PRISEUR

13, Rue de Grassi, à Bordeaux

EXPOSITION :

Les SAMEDI et DIMANCHE, 6 et 7 MAI 1893

VENTE

Les LUNDI, MARDI et MERCREDI suivants

ORDRE DE LA VENTE

LUNDI :

Porcelaines et Faïences.

MARDI :

Armes, Bronzes, Étains, Émaux et Bibelots.

MERDREDI :

*Meubles, Tapisseries, Tableaux,
Gravures, Dessins et Autographes.*

CATALOGUE

Meubles & Tapisseries.

1. *ARMOIRE LOUIS XIII*, en laque hollandaise, meuble à un seul corps, avec porte à deux battants ornés chacun de deux panneaux séparés par un plus petit, décorés de paysage avec personnages or sur fond noir, encadrés de riches enroulements de fleurs et de feuillage, côtés ornés de paysage avec oiseaux. Hauteur 2 mèt. 20, Larg. 1 mèt. 30, Prof. 50 cent.

2. *ARMOIRE A DEUX CORPS*, en noyer XVIᵉ siècle; époque de François 1ᵉʳ, meuble à quatre vantaux richement sculptés, avec ornements et arabesques : deux grandes colonnes d'ordre Corinthien cannelées supportent une grande corniche ornée de modillons et encadrent aux angles les panneaux du corps du haut ornés de motifs et de mascarons surmontés d'un petit fronton et supportés par une tête de lion à gaine avec pendantifs. Pieds à griffe, et clef de l'époque. Haut. 92 cent. Larg. 1 mèt. 30. Prof. 40 cent.

3. *PETIT BUREAU CYLINDRE LOUIS XVI*, tiroirs avec anneaux et boutons cuivre, sur colonnes diminuées. Haut. 92 cent. Larg. 68 cent. Prof. 42 cent.

4. *BUREAU LOUIS XIV*, en marqueterie avec ornements, gerbes et paniers de fleurs, bois et ivoire avec encadrements de frises étain et ébène aux angles : tiroirs dont un en réduit : la tablette supporte huit tiroirs, le tout porté par huit colonnes, forme carrée avec chapiteaux ; bases et griffes dorées. Haut. 75 cent. Larg. 1 mèt. 12, Prof. 67 cent.

5. *COFFRE BOIS SCULPTÉ*, fin du XVe siècle, façade principale divisée en trois panneaux décorés de motifs en arcades supportant une coquille laissant voir à l'intérieur en perspective des mascarons, des fleurs et des arabesques ; les montants de droite et de gauche encadrant les panneaux sont ornés de mufles de lions, soutenant des pendantifs formés de fleurs et de fruits enrubannés. Ce coffre est flanqué de cariatides d'angle engaînées et dégagées en ronde bosse qui soutiennent une frise chargée de motifs à ove et mascarons aux coins et au milieu. Le soubassement est formé de motifs godronnés ornés de figures. Haut. 87 cent. Larg. 1 mèt. 48, Prof. 78 cent.

6. *GRAND CABINET ITALIEN*, forme carrée à réduit orné de tiroirs encadrés de quadrillés et de losanges ivoire, ébène et bois d'olivier : au milieu, porte à deux battants découvrant un réduit décoré de marqueteries et de glaces avec onze tiroirs, le tout supporté par six cariatides engaînées avec tablette et quatre pieds à griffes.

7. *GRANDE CONSOLE* en bois doré, époque de Louis XIV, dessus marbre rouge, les deux pieds de devant réunis par une riche coquille avec feuille dentelée : la frise est formée d'enroulements avec feuillage et coquille. Haut. 80 cent. Larg. 1 mèt. 30, Prof. 67 cent.

8. *GRANDE CONSOLE* en bois doré (Louis XVI), dessus marbre blanc, sur deux pieds avec vase surmonté de fleurs à l'entrejambe, frise à enroulements avec feuilles de lauriers. Haut. 80 cent. Larg. 1 m. 20, Prof. 67 c

9. Lit Gothique, sculpté sur deux faces, XVe siècle.

10. Deux Fauteuils et un Canapé (Duchesse) Louis XV, bois sculpté.

11. Deux Fauteuils Louis XIV, bois richement sculpté.

12. Petit Meuble Louis XVI marqueterie.

13. *UNE SÉRIE DE CINQ PANNEAUX DE TAPISSERIE D'AUBUSSON : HISTOIRE D'ULYSSE ET CIRCÉ.*

N° 1. L'Enchanteresse Circé présente à Ulysse un breuvage pendant que ses compagnons changés en pourceaux sont conduits loin de lui. Haut. 3 mètres. Larg. 4 mèt. 20 cent.

N° 2. Ulysse en présence des prétendants lance une flèche au travers d'un anneau : Pénélope assise auprès de son métier le reconnaît à ce coup d'adresse. Haut. 3 mèt., Larg. 5 mèt.

N° 3. Circé aux bords de la mer garde des brebis et implore le soleil, qui, sur son char à quatre chevaux inonde la terre de ses rayons. Haut. 3 mèt., Larg. 2 mèt. 90 cent.

N° 4. Circé et Ulysse. Haut. 3 m., Larg. 2 m. 20 c.

N° 5. Circé ou Pénélope. H. 3 m., L. 1 m. 50 c.

Les bordures sont composées de grenades, de pivoines, d'œillets et autres fleurs avec coquilles aux encoignures.

14. *UN MOUCHOIR DE BATISTE* avec 24 médaillons entourant divers animaux, broderie très fine, travail remarquable.

15. *AUTRE MOUCHOIR BRODÉ*, inachevé.

Tableaux, Gravures, Émaux.

1. Musiciens.

2. La Vierge à la chaise, d'après Raphaël, peinture sur porcelaine.

3. Animaux aux bords d'une rivière.

4. Cavalier (genre Wouvermans).

5. L'Adoration des Mages, peinture sur cuivre avec rehauts d'or dans un cadre doré ancien.

6. Bataille d'Eylau, gravure coloriée, médaillon rond, sous verre.

7. Deux Portraits en terre noire de Wegwood.

8.   »   »   blanc sur noir   »

9. Jeune Femme enfilant une aiguille (belle peinture).

10. Tête de Vieillard (attribué à Regnault).

11. Chemin de la Corniche, signé *Lambert*.

12. Bœufs, dessin,   »   »

13. Trois Pastels   »   »

14. Un Paysage, signé COURBET.

15. Jeune Fille sollicitée par les amours, signé DIAZ.

16. Un petit panneau signé *Valadon*.

17. Un Paysage signé *Quinet*.

18. *Vénus* (copie d'après Le Titien).

19. Les trois Muses (copie d'après Le Sueur).

25. Un lot gravures, dessins et pastels.

21. *Saint-Ambroise*, émail polychrome de Limoges, avec rehauts d'or de *I. Laudin*. Haut. 16 c. sur 11 c. et *Le Christ*, petit médaillon émail polychrome, 5 c. sur 6, cadre richement sculpté.

22. *Sanctus Jacobus*, émail polychrome de Limoges de P. Nouaillier, 16 c. sur 11, et *La Vierge*, petit médaillon, émail polychrome, 5 c. sur 6, cadre bois sculpté.

23. La *Sainte Famille*, émail grisaille de Limoges, 15 c. sur 11, cadre Louis XIII marqueté.

24. La *Sainte Vierge*, émail polychrome de Limoges, signé 1. Laudin, 12 c. sur 10. Cadre Louis XIII.

25. *Saint-Jean-Baptiste*, petit émail polychrome de Limoges, 10 c. sur 9.

26. *Mater Dei*, petit émail grisaille de Limoges, 9 c. sur 7.

27. *Mise au Tombeau*, émail polychrome Bysantin, 25 c. sur 17.

28. *Le Christ et la Vierge*, émaux de Limoges, datés de 1540 par Martin Limouzin, avec rehauts d'or, 17 c. sur 13. Cadre bois doré.

29. *Louis XVI*, petit émail polychrome de Limoges, 8 c. sur 7. Cadre bois sculpté.

30. Marie-Antoinette, émail polychrome de Limoges, 8 c. sur 7. Cadre bois sculpté.

Armes, Bronzes, Etains, Bibelots.

1. Epée de Mousquetaire Louis XIV. Garde argentée

2. Rapière à coquille Louis XIII.

3. Epée de Reitre, garde en fer, lame plate.

4. Sept Epées Louis XV, garde en fer.

5. Deux épées Louis XV, garde argent ciselé, lame triangulaire.

6. Une paire de Pistolets Louis XIV à silex, garniture argent ciselé (trophées et allégories): les canons sont ornés à leur naissance de motifs rocaillés et dorés, les bois sont ornés de rinceaux d'argent.

7. Une paire de Pistolets Orientaux, monture vermeil repoussé, recouverts d'arabesques et d'enroulements. Batteries à silex.

8. Grand Poignard turc, manche corne, clous et ornements en argent, fourreau vermeil repoussé, recouvert d'ornements.

9. Couteau de chasse Premier Empire, poignée avec aigle doré, fourreau garniture dorée.

10. Deux Couteaux de chasse, poignée corne et poignée cuivre. Poignard manche ivoire, lame triangulaire; Pistolet, garniture cuivre

11. Poire à poudre XVIIIe siècle, ivoire, gravée.

12. Une paire Eperons, incrustations d'argent.

13. Casques en fer : Hallebarde XVIe siècle en fer
     avec sa hampe.

14. Fusil, canon fer ciselé.

15. Fusil à piston à deux coups (La monture en argent
     ciselé Louis XVI est ancienne).

16. Grands chenets Renaissance à boules et à mas-
     carons avec motifs gravés, cuivre jaune.

17. Grand Cartel, applique en cuivre, époque de Louis
     XVI. 85 c. sur 40.

18. Grands chenets Louis XIII à grosses boules et à tête.

19. Bras applique Louis XVI, cuivre ciselé.

20. Bras applique Louis XV, cuivre.

21. Petits chenets Louis XIII, en cuivre à boules et à
     mascarons.

22. Deux Chandeliers Louis XVI, cuivre argenté.

23. Deux Chandeliers Louis XIV, en cuivre.

24. Un Groupe Bronze : enfants couronnés de pampres
     jouant avec un tigre attelé à un char, signé E. Piat.
     Haut. 39 c. Larg. 49 c.

25. Un bronze : Le Porte-Drapeau, Haut. 58 c. signé
     A. Giraud.

26. Deux plateaux orientaux, cuivre ciselé.

27. Les quatre Evangélistes, plaque bronze.

28. Hercule et le Lion de Némée ; une bataille ; le Martyre de
     St-Etienne (3 plaques bronze).

29. Un lion, bronze.

30. Louis XVI, portrait cuivre sur marbre.

31. Deux médaillons bronze : Henri IV et Sully.

32. Miroir Louis XIV, cuivre doré, orné de fleurs de
     porcelaine de Saxe.

33. Timbale en argent Louis XIV.

34. Moutardier en argent Louis XVI.

35. Deux écuelles à oreillettes en étain.

36. Boîte à thé avec dessin or, en étain.

37. Buste en étain, Alexandre le Grand, Haut. 17 c.

38. Boîte ronde à tabac, avec incrustation d'or.

39. Quenouille en deux parties en bois tourné.

40. Petit vitrail: Jésus parmi les docteurs, peinture sur verre du XIIIme siècle: encadrement couleur.

41. Fragments de vitraux XIIIme siècle.

42. Bénitier en bois sculpté, avec ornements en haut relief: deux anges soutiennent la coquille.

43. Quatre cadres ovales, bois doré, sculptés.

44. Petite corbeille orientale en filigranne.

45. Chandeliers cuivre à trois pieds en griffes.

46. Sous ce numéro seront vendus plusieurs objets non catalogués.

Faïences et Porcelaines.

1. Grande fontaine, polychrome, vieux Rouen, et sa vasque; ornée de coquilles, d'enroulements, de palmettes et de vases de fleurs: Hauteur de la fontaine 55 c., hauteur de la vasque 20 c.

2. Gande fontaine et sa vasque, polychrome, faïence de *Rouen*, décor au lambrequin, rinceaux, guirlandes et coquilles: Haut. de la fontaine 60 c., Haut. de la vasque 19 c., Larg. 45. c.

3. Fontaine et sa vasque, polychrome, faïence du sud-ouest, au lambrequin, ornée de fleurs et de godrons, Haut. 45 c.

4. Soupière, faïence de *Moustiers*, grotesque vert.

5. Soupière ovale, faïence polychrome vif de *Rouen*, décor guirlandes.

6. Soupière, porcelaine dite à la Reine, bouquets détachés, polychrome (avec son plateau).

7. Soupière ovale, faïence de *Marseille*, fleurs, décor vert.

8. Soupière (ou légumier) à oreilles, polychrome, faïence de *Rouen*.

9. Deux légumiers, filet or, porcelaine de Sèvres.

10. Légumier, faïence de Moustiers, décor bleu avec anses cablées. Le couvercle est décoré au trait bleu clair de riches médaillons treillisés avec entrelacs dans le goût de Bérain (la pareille est au musée de Cluny).

11. Porte-liqueurs sur pied, composé de deux plateaux superposés, faïence de *Moncaut* près d'Agen.

12. Corbeille ajourée, polychrome, faïence de *Moustier* au drapeau.

13. Corbeille ajourée, polychrome, faïence de Strasbourg.

14. Corbeille treillisée, polychrome, faïence de Niderviller.

15. Cruchon bec de serpent, polych., faïence espagnole.

16. Trois Cruchons, polychrome, faïence d'Urbino.

17. Deux pots de pharmacie, décor bleu, têtes et arabesques.

18. Pot de pharmacie, faïence italienne, émail bleu, amour avec arabesques.

19. Vase Médicis à anses, décor vert, faïence de Martres.

20. Ecuelle à timbre, faïence de *Moustiers*.

21. Sucrier Samadet, polychrome, gland au couvercle.

22.   »   porcelaine de Chine, polychrome, fleurs.

23.   »   Nevers, bleu, fleurs.

24. Saucier, porcelaine de Berlin, fleurs détachées.

25.   »   et son plateau, faïence de Strasbourg, polychrome, fleurs.

26. Sucrier, faïence de *Rouen*, bleu.

27. Buire, faïence de *Nevers*, personnages, décor bleu.

28. Huit pots à crème avec plateau et *théière*, faïence de *Marseille*, polychrome.

29. Six tasses, sept soucoupes, cafetière et bol, porcelaine de Chine, décor Dieux, couleur chair et encre de Chine.

30. Bol, porcelaine de *Sèvres*, décor fleurettes bleues.

31. Tasse et soucoupe, faïence de *Moustiers*, polychrome au drapeau.

32. Tasse et soucoupe, faïence de Samadet, polych., fleurs.

33. Deux tasses, deux soucoupes, un sucrier, porcelaine de Chine : dragons avec rehauts d'or.

34. *Théière*, porcelaine de Chine, polychrome, fleurs.

35.   »   polychrome, faïence de *Rouen*.

36. *Cafetière* et théière, faïence de *Marseille*, lignes rouges.

37. *Cafetière*, faïence du sud-ouest, émail rosé, décor bleu.

38.   »   porcelaine de *Sèvres*, polychrome, décorée de paysages.

39. Sept tasses, porcelaine du Japon, décor bleu.

40. *Cafetière*, faïence de *Martres*, décor vert.

41. *Tasse et soucoupe*, porcelaine de *la Courtille*, paysage, polychrome et or.

42. *Cafetière*, porcelaine vieux *Vincennes*, polychrome, bouquets de fleurs.

43. *Ravier*, faïence de *Moustiers*, décor jaune grotesque.

44.   »   »   »   décor vert grotesque.

45. *Deux raviers*, faïence de *Rouen*, décor bleu.

46. *Ravier*, faïence de *Samadet*, polychrome, fleurs.

47. Joli *Moutardier*, faïence de *Moustiers*, vert grotesque.

48. *Moutardier*, faïence du sud-ouest, polych., en forme d'œuf.

49. *Pot à crème*, faïence de *Marseille*, polychrome.

50. *Sabot, Samadet,* fleurs : un biberon de malade.

51. *Petit pot à couvercle,* faïence de Rouen, polychrome.

52. *Petit pot à couvercle,* faïence de Martres, décor vert.

53. *Salière,* monstres verts, à couvercle.

54. *Petit crachoir à manche,* polychrome.

55. *Plateau* faïence de Rouen, polychrome.

56. *Soucoupe,* forme dentelée, faïence Espagnole, polychrome fleurs.

57. *Trois soucoupes et plateaux,* Nevers bleu.

58. *Plateau et soucoupe,* faïence de Moustiers, polychrome, arabesques et fleurs.

59. *Plateau* faïence de Montpellier, polychrome, bouquets.

60. *Grand plateau* à anses cablées, faïence de Marans, polychrome, décor au buste.

61. *Soucoupe,* faïence de Samadet, fleurs.

62. *Deux coupes,* porcelaine du Japon, polychrome avec rehauts d'or.

63. *Grand plateau,* sur 3 pieds, forme hexagonale, chantournée à lobes; faïence de Rouen, bleu foncé, orné de 6 bouquets placés en rosaces, le milieu est occupé par un oiseau sur branchage, diamètre 44 cent.

64. *Plateau* sur 3 pieds, forme hexagonale lobée, dessin relaché, décoré d'une rosace centrale, 40 c. de diam.

65. *Grand plat* ovale, vieux Moutiers, bleu foncé au trait ; Style Bérain ; sur un baldaquin rehaussé d'arabesques de mascarons et de cassolettes, deux sauvages dansent tandis que deux grotesques grimacent ; riches bordures d'entrelacs encadrés de godrons en relief, 60 cent. sur 44.

66. *Grand plat rond,* faïence de Naples, polychrome décoré bleu, jaune et vert avec personnages, ruines, rochers, fleurs et oiseaux ; diamètre 39 cent.

67. *Plat ovale,* faïence de Moustiers, contourné, camaïeu bleu (chinois et chinoises, papillons, insectes et plantes) 30 c. sur 41.

68. *Plat rond*, cuvette, porcelaine du Japon, décor bleu. Le
    milieu est occupé par une feuille sur fond bleu avec
    dessins, canards, pivoines, marguerites et bambous.

69. *Deux plats longs*, faïence de Moustiers, à la pomme de
    terre.

70. *Un petit plat*, faïence Moustiers.

71. *Deux plats longs*, faïence de Moustiers, polychrome avec
    armoiries.

72. *Petit plat*, Moustiers, grotesque jaune.

73. *Plat ovale*, Moustiers, grotesque vert.

74. *Trois plats*, faïence de Samadet, polychrome, fleurs.

75. *Plat long*, faïence du sud-ouest, fleurs.

76. *Plat rond*, faïence de Strasbourg, polychrome, fleurs.

77. *Deux plats*, faïence de Moustiers, bleu Bérain au buste.

78. *Un plat*, faïence Moustiers, polychrome, pomme de terre.

79. *Plat long*, faïence de Moustiers, vert grotesque.

80. *Plat*, porcelaine du Japon, bleu, fleurs.

81. *Plat long*, Rouen bleu, fleur au milieu.

82. *Plat octogone*, Rouen bleu, fleurs et arabesques.

83. *Plat long*, faïence de Rouen, polychrome, guipure.

84. *Plat creux*, faïence de Rouen, décor oriental à la corne

85. *Plat rond*, faïence de Rouen, polychrome, dragon.

86. *Plat long*, faïence de Strasbourg, décor fleurs.

87. *Plat cuvette*, faïence d'Urbino, polychrome.

88. *Plat rond*, faïence de Savone, ruines, décor bleu.

89. *Plat à barbe*, faïence de Samadet, polychrome, fleurs.

90. *Plat à barbe*, faïence de Bordeaux, polychrome, fleurs.

91. *Plat à barbe*, faïence de Martres, décor vert grotesque.

92. *Plat rond*, Delft bleu, bouquets de fleurs.

93.   »   »   »   »   plumes.

94.   »   »   »   »   dessin cachemire.

95.   »   »   »   »   genre japonais.

96. *Assiette*, faience de Moustiers, polychrome, décor médaillon, guirlande jaune. Le milieu est occupé par un sujet mythologique : Centaure combattant un fauve.

97. *Assiette*, faience de Moustiers, polychrome, décor médaillon, guirlande bleue. Le milieu est occupé par un sujet mythologique : Orphée auprès d'une femme changée en arbre.

98. *Assiette*, faience de Bergerac, polychrome, genre rouennais : Buste de femme du XVIIIe siècle dans un médaillon central : Coiffure en Parterre galant : Guirlandes de fleurs et de feuillage sur le marli.

99. *Assiette* semblable à la précédente : Coiffure en rouleaux.

100. *Assiette*, faience de Rouen, polychrome, décor oriental à la corne : teintes douces.

101. *Assiette* semblable à la précédente, teintes vives.

102. *Assiette*, faience de Moustiers, polychrome, décorée d'une grande rosace formée de quadrillés.

102. *Six assiettes*, faience de Moustiers, polychrome, à la pomme de terre.

104. *Assiette*, faience de Moustiers, jaune, à la pomme de terre.

105. *Assiette creuse*, faience de Delft, bleu rayonnant.

106. *Cinq assiettes*, faience de Delft, grandes rosaces.

107. *Asssiette*, faience de Delft, polychrome rochers.

108. *Deux assiettes*, faience de Marseille, polychrome, fleurs.

109. *Deux assiettes*, faience de Strasbourg, polychromes, marquées J. Hannong.

110. *Assiette*, faience de Montpellier, polychrome, fleurs.

111. *Assiette*, faience de Rouen, bleu, fleurs au milieu.

112.   »   faience Espagnole, polychrome, portrait.

113. *Six assiettes*, faience du Sud-Ouest, polychromes, personnages grotesques.

114. *Deux assiettes*, faience de Samadet, polychromes, chinois sur rocailles.

115. *Deux assiettes*, faïence du Sud-Ouest, polychromes, décorées dans le genre Moustiers d'un petit raisin au centre et d'une riche bordure sur le marli.

116. *Assiette*, faïence de Bordeaux, polychrome, décor fleurs.

117. *Assiette*, faïence polychrome, personnage au milieu.

118. *Deux assiettes*, faïence de Moustiers, polychromes, animaux grotesques à la marque d'Olery. 1.-724.

119. *Seize assiettes*, porcelaine de Chantilly, décor bleu, fleurettes détachées.

120. *Trois assiettes* de Chine, polychromes, cigognes au milieu.

121. *Trois assiettes*, porcelaine de Limoges, polychromes bouquets détachés.

122. *Assiette*, porcelaine de Clignancourt, polychrome, bouquets détachés.

123. *Assiette*, porcelaine de Chine, fleurs, polychrome.

124.   »   »   du Japon,   »   »

125.   »   »   polychrome, fleurs détachées.

Autographes de Victor Hugo, Lamartine, Georges Sand, etc.